MW01101228

BRING ME A BOOK™
HONG KONG

朗讀小秘笈

- 📖 讓你的孩子自己挑選喜歡的書
- 📖 依偎一起看書，增進親子關係
- 📖 慢慢地讀出來
- 📖 朗讀出作者與書名
- 📖 讓你的孩子翻書頁
- 📖 預計主角將會做甚麼，發揮想像力
- 📖 鼓勵與讚美你的孩子
- 📖 當孩子在玩耍的時候，為他 / 她朗讀
- 📖 享受閱讀的樂趣，不要限於框框內，
  多些想像力，多點創意

功夫

文‧圖／湯姆牛

總策畫／張杏如　總編輯／高明美　主編／鄭雅馨　執行編輯／楊琇珊　美編主任／王素莉　生產管理／黃錫麟

發行人／張杏如　出版／信誼基金出版社　總代理／上誼文化實業股份有限公司　地址／台北市重慶南路二段75號

電話／(02) 23913384（代表號）客戶服務／service@hsin-yi.org.tw　網址／http://www.hsin-yi.org.tw　定價／250元

郵撥／10424361 上誼文化實業股份有限公司　2014年4月初版　2016年4月初版二刷

ISBN／978-986-161-469-4　印刷／中華彩色印刷股份有限公司

有版權‧勿翻印　如有破損或裝訂錯誤請寄回更換
　　　　　　　　　　　　　　　　　　　讀者服務／信誼‧奇蜜親子網 www.kimy.com.tw

Kung fu

Text & Illustrations © Tom Liu, 2014

Originally published in 2014 by Hsin Yi Publications, Taipei, Taiwan, R.O.C.

All rights reserved.

Summary

An old man saved three kids from an attack by gangsters. The kids begged the old master to teach them kung fu, but they were assigned to do daily chores instead. Ten years later, the kung fu they unknowingly learned through those chores proved powerful enough to defeat the gangsters in their another attack.

在_{ㄗㄞˋ}多_{ㄉㄨㄛ}數_{ㄕㄨˋ}人_{ㄖㄣˊ}眼_{ㄧㄢˇ}裡_{ㄌㄧˇ}，
這_{ㄓㄜˋ}位_{ㄨㄟˋ}住_{ㄓㄨˋ}在_{ㄗㄞˋ}山_{ㄕㄢ}上_{ㄕㄤˋ}的_{ㄉㄜ˙}白_{ㄅㄞˊ}眉_{ㄇㄟˊ}老_{ㄌㄠˇ}人_{ㄖㄣˊ}，
是_{ㄕˋ}個_{ㄍㄜˋ}整_{ㄓㄥˇ}天_{ㄊㄧㄢ}只_{ㄓˇ}會_{ㄏㄨㄟˋ}吃_ㄔ飯_{ㄈㄢˋ}、睡_{ㄕㄨㄟˋ}覺_{ㄐㄧㄠˋ}的_{ㄉㄜ˙}老_{ㄌㄠˇ}人_{ㄖㄣˊ}。

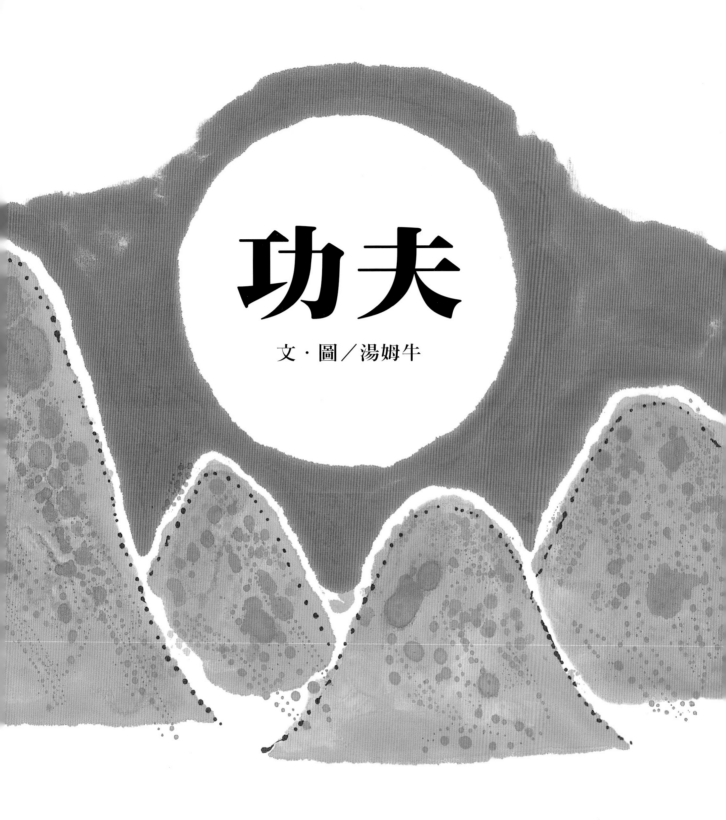

功夫

文‧圖／湯姆牛

 信誼

一一個月黑風高的夜晚，

土匪頭刀疤帶著盜匪們來襲了！

沒一會兒，整條街就陷入了火海和慘叫聲中……

在慌亂中，
一位神祕大俠救走了三個小孩。

他們越過山巒，穿過竹林，渡過小河，
終於來到了神祕大俠——
也就是白眉老人的住處。

從此，白眉老人的身邊，

多了三個哭哭啼啼的跟屁蟲。

他們整天跟前跟後的,還不斷吵著:
「師父!師父!您什麼時候教我們功夫呢?」

於是，除了蹲馬步外，
白眉老人指示老大瘦皮猴負責砍柴生火，
而且每次經過房子外的樹苗，
都要縱身一躍，騰空跳過去。

老二小胖子，
負責每天抱著小牛到河的對岸吃草，
等吃飽了，再把牠抱回來。

老三小不點，
負責每天拿著白眉老人製作的弓箭，
到竹林裡打獵，
而且規定只能獵比狐狸小的動物回來。

日﹝ㄖˋ﹞子﹝ㄗ˙﹞一﹝ㄧ﹞天﹝ㄊㄧㄢ﹞天﹝ㄊㄧㄢ﹞過﹝ㄍㄨㄛˋ﹞去﹝ㄑㄩˋ﹞……

山‍上‍的‍人‍事‍物‍，也一‍點‍一‍滴‍的‍在‍改‍變⋯⋯

十ㄕ 年ㄋㄧㄢˊ 後ㄏㄡˋ……

原本平靜的山上，突然出現了一幫盜匪。

啊！是土匪頭刀疤巴！

十年來，他無時無刻不在尋找
這三個小孩的下落。

他一聲令下，盜匪們從四面八方
湧向白眉老人的家。

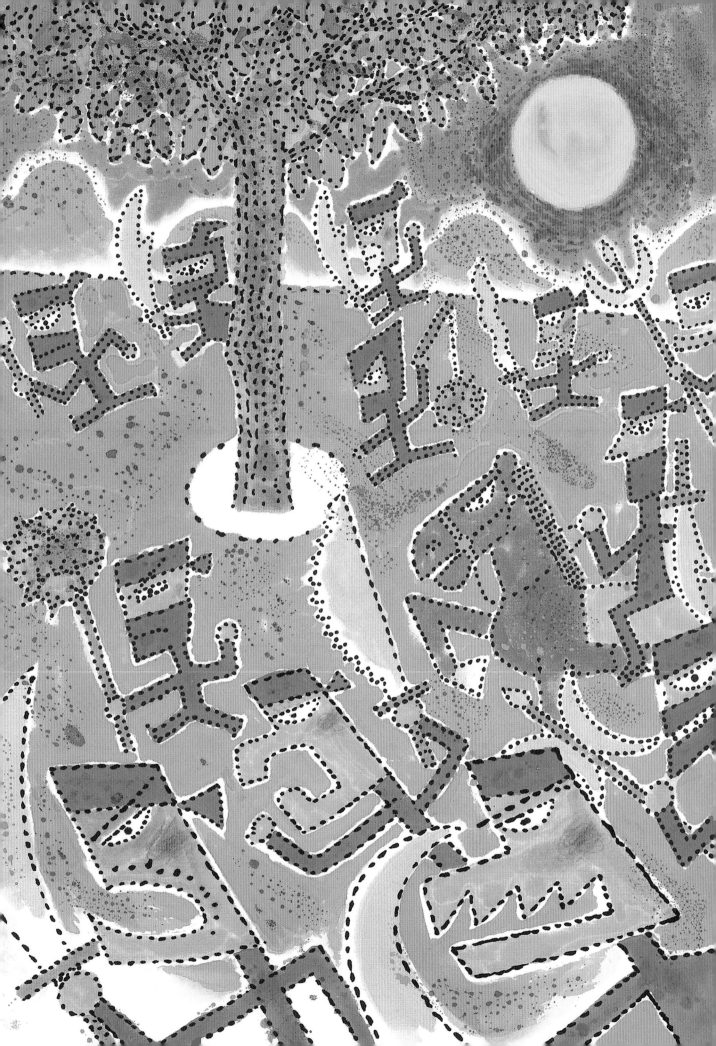

就在那一瞬間，
老大瘦皮猴騰空而起，越過樹梢，
一腳連環踢中盜匪們的臉，
他的動作就像鷹一般的迅速輕靈。

好厲害的草上飛！

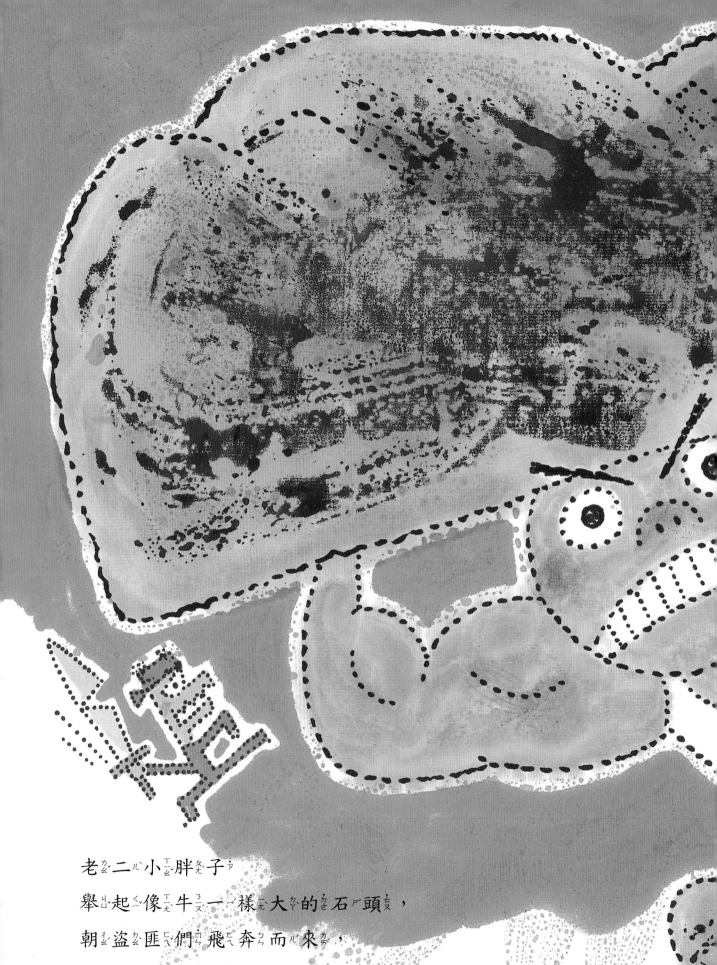

老二小胖子
舉起像牛一樣大的石頭，
朝盜匪們飛奔而來，
那股強勁的力氣，幾乎沒有人能夠抵擋。

好強壯的大力士！

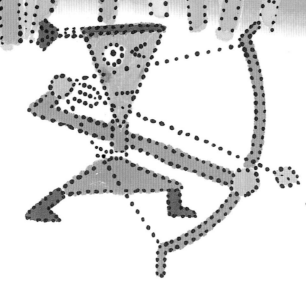

老ㄌㄠˇ三ㄙㄢ小ㄒㄧㄠˇ不ㄅㄨˋ點ㄉㄧㄢˇ也ㄧㄝˇ抓ㄓㄨㄚ起ㄑㄧˇ弓ㄍㄨㄥ箭ㄐㄧㄢˋ，
朝ㄔㄠˊ盜ㄉㄠˋ匪ㄈㄟˇ們ㄇㄣˊ發ㄈㄚ射ㄕㄜˋ，

咻ㄒㄧㄡ！咻ㄒㄧㄡ！咻ㄒㄧㄡ！

箭ㄐㄧㄢˋ像ㄒㄧㄤˋ流ㄌㄧㄡˊ星ㄒㄧㄥ一ㄧ樣ㄧㄤˋ飛ㄈㄟ快ㄎㄨㄞˋ的ㄉㄜ命ㄇㄧㄥˋ中ㄓㄨㄥˋ目ㄇㄨˋ標ㄅㄧㄠ，
對ㄉㄨㄟˋ他ㄊㄚ來ㄌㄞˊ說ㄕㄨㄛ，這ㄓㄜˋ比ㄅㄧˇ在ㄗㄞˋ竹ㄓㄨˊ林ㄌㄧㄣˊ裡ㄌㄧˇ打ㄉㄚˇ獵ㄌㄧㄝˋ
容ㄖㄨㄥˊ易ㄧˋ多ㄉㄨㄛ了ㄌㄜ。

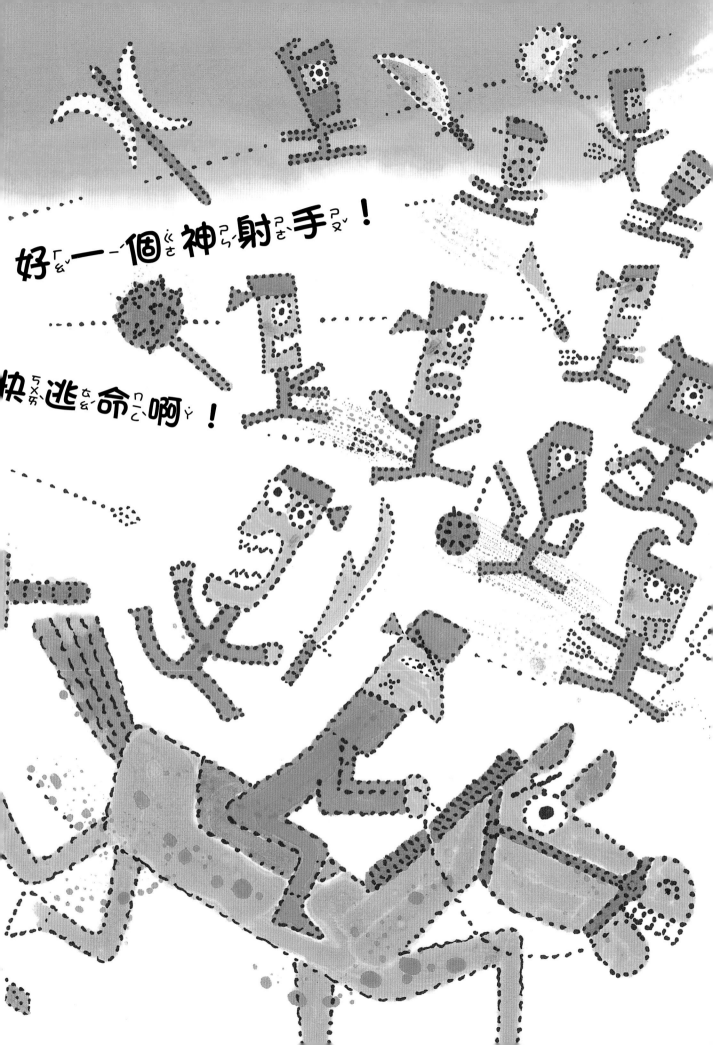

好「ㄏㄠ」——個「ㄍㄜ」神「ㄕㄣ」射「ㄕㄜ」手「ㄕㄡ」！

快「ㄎㄨㄞ」逃「ㄊㄠ」命「ㄇㄧㄥ」啊「ㄚ」！

等&盜&匪&全&都&落&荒&而&逃&了&以&後&，
他&們&才&看&到&白&眉&老&人&慢&吞&吞&的&出&現&。

老&大&瘦&皮&猴&氣&喘&吁&吁&的&說&：
「師&父——您&到&底&什&麼&時&候&才&要&教&我&們&
真&正&的&功&夫&啊&？」

作者簡介　湯姆牛，1966 年生於台北。

畢業於國立藝專雕塑科後，一直從事創意相關工作。

作品曾獲信誼幼兒文學獎、金鼎獎最佳插畫獎、豐子愷兒童圖畫書評審推薦、佳作，

並多次入選義大利波隆那書展與德國法蘭克福書展台灣館推薦。

主要作品有《愛吃水果的牛》、《愛吃青菜的鱷魚》、《建築師傑克》、《湯姆的服裝店》、

《大嘴鳥快遞公司》（信誼）；《像不像沒關係》、《下雨了！》、《最可怕的一天》（小天下）。